Vente du Lundi 28 Mars 1892

A DEUX HEURES

Hôtel Drouot — Salle 4

DESSINS ORIGINAUX

PROVENANT DU

Courrier Français

EXPOSITION PUBLIQUE

le Dimanche 27 Mars, de 1 h. à 5 h. 1/2

Mᵉ Jules PLAÇAIS . | Mᵉ Ed. KLEINMANN
COMMISSAIRE-PRISEUR | EXPERT, MARCHAND DE DESSINS
5, rue Hippolyte-Lebas | 8, rue de la Victoire

PARIS 1892

CATALOGUE

DES

DESSINS DU COURRIER FRANÇAIS

MIS EN VENTE

à l'Hôtel Drouot, Salle n° 4

le Lundi 28 Mars 1892, à 2 heures

———※———

Faverot.	Lunel.
Forain (J.)	Pille (Henri).
Heidbrinck.	Quinsac (P.)
Legrand (Louis).	Uzès.

Willette (A.)

———❧———

Mᵉ **Jules PLAÇAIS**
Commissaire-Priseur
5, rue Hippolyte-Lebas.

Mᵉ **Ed. KLEINMANN**
Expert, Mᵈ de Dessins
8, rue de la Victoire.

Exposition Publique le Dimanche 27 Mars
de 1 h. à 5 h. 1/2

*Tous les Dessins sont vendus avec interdiction formelle
de droit de reproduction.*

CONDITIONS DE LA VENTE

—

Elle sera faite au comptant.

Les acquéreurs paieront, en sus des adjudications, cinq centimes par franc.

Les dessins sont vendus avec interdiction formelle de droit de reproduction.

DÉSIGNATION

—

DESSINS

—

J. FORAIN

8. ... Et après? — Après, monsieur... je re-
joins ma mère !

9. Tu viens de jouer, t'as perdu : fouts-moi le
camp !

10. C'est pas ta femme qui ferait ça.

11. Souvenir de jeunesse. Thémis étranglant
la Muse : Rends-moi mes balances !

12. Un Monsieur qui veut manquer son train.

13. Mais qu'est-ce que tu veux donc devenir ?

14. La Douloureuse.

15. — Qu'est-ce qui va acheter de la Banque
ottomane à sa petite Niniche ?

16. Le Chocolat du planteur.

17. C'est p't-êt'toi qui paierais les mois de nour-
rice...

FAVEROT

18. Au cirque : Le Duel au pistolet.

19. Fantaisie.

20. Fantaisie.

21. Un Rappel.

22. Au café du Rat-Mort. — Quatre croquis.

23. La Danse. — Six panneaux.

24. La Pêche dans le cirque.

24bis Au cirque : La Géante.

25. La Boule.

26. La Lutte au cirque.

27. Une Paille dans l'œil.

28. Tiens bon, Auguste !

LOUIS LEGRAND

98. Le Denier de la veuve.
99. Les Élus de cœur.
100. Après les manœuvres.
101. Réflexion indiscrète.

LUNEL

102. Après le cours de chant, le chant des cours !
103. Quant à la ressemblance, allez chez un photographe. Dieu merci, moi je suis peintre.
104. Divers Projets de costumes pour le président de la République.
105. Le Quadrille à l'Élysée-Montmartre.
106. L'Ancien Bal de la Grenouillère.
107. Au musée — Fi! quelle horreur! — Mais non, ma chérie, ce sont des lutteurs.
108. Chien de temps.
109. L'une était brune et l'autre blonde,
Elles s'aimaient éperdument,
On ne leur connaissait point d'amant.

Moralité :

La fin du monde.

110. Chez Fournaise à Chatou.
111. La Mi-Carême sur les boulevards.
112. Chrysanthèmes.
113. L'Éventail.
114. La Vacherie du Pré-Catalan, au bois de Boulogne, à 5 heures du matin.
115. Shocking.

141. Dans les vignes du Seigneur.

142. Le Tournoi.

143. Les Escholiers au xve siècle.

144. La Trêve de Dieu.

145. Chaise à porteurs.

146. A l'instant de l'audience.

147. Rabelais.

148. Plaisirs de la pêche.

149. Corps de garde.

150. Le Petit Tambour Strau à Wattignies.

151. Cinq croquis.

152. Chronique de la semaine (deux dessins).

153. Carnot à Wattignies.

154. Le Renseignement.

155. La Revanche du Midi sur le Nord.

P. QUINSAC

156. Fleurs de mai (offrande à la Vierge).

157. La Sortie de la Trinité le jour des Rameaux.

158. Vent du sud.

159. Une Arlésienne.

160. Mlle Gilberte dans le rôle d'Ève (Alcazar-d'Hiver).

161. Une Idylle à l'atelier.

162. Escalier de l'Opéra.

163. Les Dernières Feuilles.

164. Premières Feuilles. — L'Éclipse de lune.

165. Ce que disent les cloches.

166. La peinture.

167. La sculpture.

168. L'agneau pascal.

169. Modistes.

UZÈS

170. M. Grévy et ses écus.

171. L'Équilibre européen.

172. Le Nouveau Boniment des saltimbanques.

173. Rubans et croix à vendre — A. M. Wilson.

174. De l'eau, de l'eau, Seigneur! ou nous sommes frits.

175. La Revue en général.

176. Jules Lévy, l'éditeur des Incohérents, saint et martyr, enterrant l'incohérence et renonçant à ses triomphes malgré les supplications d'Émile Goudeau et de ses amis.

177. Les Sœurs Martens.

178. Ce farceur de Buffalo.

179. A Monte-Carlo.

180. M. Macé, ancien chef de la sûreté.

181. Par un jour de pluie.

A. WILLETTE

182. Trois louis, c'est pas le Pérou.

183. Eh! l'ami Pierrot...

184. Les Jolies petites Marchandes du *Courrier Français*.

185. La Veuve de Pierrot.

186. Rayon de lune (aquarelle).

187. Les Gens de sport.

188. Le Mauvais Larron (le panneau du milieu n'est qu'une épreuve sur chine de la gravure sur bois).

190. Les Inconvénients de la charité.

191. Dessin de Willette ayant servi à illustrer le programme de la fête du *Courrier Français*, à l'Opéra, le 23 avril 1887.

192. J'voudrais que la société n'eût qu'une seule tête pour la lui couper d'un seul coup.

193. Pour les inondés du Mont-Blanc.

194. Boules de neige (quatre panneaux, épreuves sur chine).

195. Deux croquis.

196. Le *Courrier Français*.

Paris. — Imp. A. Lanier et ses Fils, 14, rue Séguier.